체크무늬 남자

체크무늬 남자

정복여 시집

창비

차 례

제1부 ___

안절부절꽃 010

아파트 살구나무 쉼터 012

누구세요? 014

플라타너스 단추 016

그녀의 오래된 옷장 018

독상 020

라자스탄 처녀의 방 022

무화과나무 그늘 024

오후 세시와 나리꽃 026

일요일의 공원 028

여기는 11월 030

버려진 새장 032

선물 034

단벌 036

외출 038

밥솥 040

생일 042

제2부 ___

입술 046

풀밭 위의 독서 047

없는 의자 048

탄생 050

벤치 052

겨울 장미 054

버드나무 056

구름사전 보유편 058

갑자기 봄! 060

봄밤 062

은밀한 봄 065

바위 소파 066

포효하는 양파 068

바빴던 고요 070

화분 072

그냥 074

다리 076

메아리 077

제3부 ___

행복하다라는 새 080

구름 결혼식 082

체크무늬 남자 084

이웃집 여자 086

또 이웃집 여자 088

적막하다라는 말 090

이웃집 남자 092

복도꽃밭 094

조용한 복도 096

새로운 이웃 098

어떤 미소 100

살구나무 102

모자로 된 방 104

달리는 모자 106

독신 107

빈자리 108

그 마음자리 110

제4부 ____

화천 태생 112

여섯시의 신호등 앞에서 114

크나큰 손 116

이별 118

사과 하나의 방 120

지구 한 알 122

풀밭 위의 시계 123

달을 타는 아이들   124

저 허공에 수많은 색깔들이   126

밤   128

모든 씨앗은 절벽   130

기적소리   132

매듭   134

잘린 나무의 그림자처럼   136

빛들의 저녁   138

소문   139

자서전   140

인공호흡   142

해설 | 장은정   144

시인의 말   159

제1부

안절부절꽃

내 방에 동백이 오셨다고 전화를 한다
남쪽엔 벌써 피었다더라
그 옆에 철쭉도 오셨다 전화를 한다
요샌 아무 때나 철쭉은 피는데 뭐
꽃들이 서랍에서 스위치서 리모콘에서
저것 봐, 달그락 피어나는 싱크대
그랬으면 그랬지라는 말을
시큰둥한 자루에 꽁꽁 묶어넣으며
별일 없지?
세상은 바쁘다고 서둘러 전화를 끊는다

백성이 하나뿐인 나라
그가 바로 나인
단 한명의 백성을 위하여 여왕들은 그렇게 왔다 간다
꽃을 접는 잎 속에 다시 일년치의 새 규율이 있다
지켜도 지켜도 아무도 모르는 생일처럼,

커튼이 베란다문이라도 열어두라 눈 흘긴다

짧은 바람이 여행객처럼 왔다 가지만
배낭이 그 시큰둥한 자루를 닮아 있다

아파트 살구나무 쉼터

저기 한 무더기의 대낮으로
남편 실을 줄줄 풀어내는 파마 여자
그 실가닥을 붙들더니 커트 여자가
시어머니 실을 턱 걸친다
이번에는 맞은편 민실타래
드문드문 아직 처녀의 실밥이 남은
새댁 실이 그 실 받아걸고, 다시
굵직한 친정엄마 흰 타래가
돋을짜기한다 그 줄무늬 끝에
먼발치의 경비실도 기웃
회색 아버지를 풀까 말까
곤두박질로 짜이는 매미울음에
올올이 햇살도 반짝이로 섞여
질기고 튼실한 한나절이
둥글게 둥글게 짜이고 있다
그 오후의 둘레를
킥보드로 달려온
일곱살 실이 한 바퀴 휘돌면

이제 큼직한 양탄자 하나
어제도 그제도 십년 전도 모여앉는데
그럼 이만, 슬그머니
시장바구니를 챙기는 한낮의 실패들
제 세월 저기 부려두고
느릿 다시 어디로 실 감으러 가시나

누구세요?

딩동!
베고니아 화초가 꽃술을 쫑긋 세운다
딩동!
어항 속 민달팽이 촉수를 쭈욱 뺀다
딩동!
소파에 앉았던 먼지가 뛰어내린다
티브이 안테나 길게 뽑히고
탁자 위 물컵이 출렁
창가의 줄무늬 햇살이 휜다
덩굴무늬 커튼이 힘껏 팔을 뻗는다
벽지 위 꽃잎이 사방연속으로 달린다
흩어졌던 양말이 짝을 찾아 뛴다
일순 방이 깨지며 잔뜩 고였던 고요가
휘돌아 현관으로 폭풍친다
누구세요?
저기 문밖에 어떤,
인기척을 향해 뛰어나갔던 한낮의 발꿈치들
머뭇거리다 사라지는 발자국에

모두들 제자리로

다시 잠잠

방이 그렁 조용해진다

여보세요……

천천히 쌓이는 소란의 두께들

방이 한 겹 더 두꺼워진다

플라타너스 단추

　나무는 애지중지하던 외투가 낡자 낡은 부분만 잘라내고 재킷으로 고쳐 입는다 재킷도 구멍이 나자 이번에는 조끼로 다시 또 목도리로 이때쯤 툭 불거져 보이는 단추가 땅에 떨어지고 손수건에 이르러 단추는 아주 멀리,

　(플라의 그 큼직한 오버코트는?)

　단추는 한 그루의 외투
　외투의 완성 외투의 열매
　팔과 다리의 가지를
　착착 접어 넣은 옷장
　데굴데굴 흙을 붙들고
　구르다 다시 올 봄을 붙들고
　여기 새 외투 있어요
　나 그대로 있어요

　(사실을 증명해내겠다고?)

이야기는 다시 땅속으로 이어진다

그녀의 오래된 옷장

그녀는 그녀의 오래된 옷장
저녁이 조용히 문고리를 당겨
내부의 어둠을 더듬네
서른의 마흔의 지팡이

냉정한 고요가 텅텅 울리고
멜빵 골목이나 청바지 계단
저마다의 솔기에서
벽과 나무로 된 창틀이 뛰어나와
스스로 문을 여네

파고들어가 앉았던 모래 서랍이
꿈틀 몸을 뒤틀자
갑자기 상처의 알전구가 펑 터지고
햇병아리들이 뛰어나오네
그녀의 그녀 그녀들
이제 막 빛을 받은 오늘이라네

추억으로 짜놓은 황금빛 깃털
달콤하던 순간을 쪼려면
매번 따라나온 적막이
빛나는 부리를 지워버리네

그녀의 미래는 풀었다 다시 짜는 과거
조금씩 작아지고 낡아가며
실패한 군대 깃발처럼 솔기가 터져
매일 밤 새로운 부리를 깁고 있다네
그녀의 옷장이 분주하다네

독상

온갖 저녁들을 불러모아 봐

월요일 우렁해장국 화요일 육개장 수요일 조갯살미역국
목요일 토란국 금요일 버섯국 사골우거지 다시 월요일은
아내남편국 화요일은 애들국 수요일은 형님동서국, 이웃사
촌국…… 몰려오네 이 따끈따끈,
아직 눈코입이 생기지 않은 저녁들

이 모든 저녁들 앞에서
묵처럼 굳어 있던 오늘이
핑그르르 군침이 도네
귀여운 메뉴들은 어깨를 흔들며 까르륵,
우선 요 적막을 젓가락으로 집어봐, 봐, 봐
묵이 덜덜 떨면 맞은편 사람을 사랑하는 거래
근데 어쩌나 눈 없는 저녁들 이 적막 집지도 못해
입 없는 저녁들 저 적막 떼지도 못해
마음 같은 그릇만 쿡쿡 찌르다 휘젓다 파다

안타까운 저녁들 슬그머니
딴 집으로 밥 먹으러 가네
품고 온 단란한 살림을 죄다 싸들고
없었던 걸로 없었던 걸로
제 이목구비 찾아서 가네
식탁은 다시 할 일 없어 딱딱한 침대
맞은편 수저 한 벌을 끌어다 베고
엎드려 엎드려 막막한 밤

이 모든 걸 보고 있는 냉정한 유리컵만
그대 얼굴을 빤히 담아내더니
후루룩 쩝 단숨에 그댈 삼키고 말지
그래서 그대 방은 깨질 듯 배부른
위험한 그 유리컵뿐이라지

라자스탄 처녀의 방

내 낙타 이름은 까믈라[*]
혼자 사는 등뼈가 이제 간신히 여물었다고
착하게 나를 업고 사막을 간다
목덜미 솜털이 구름으로 일고
잠깐씩 돌아보는 눈매가 영락없이 호수다
젖은 눈가에는 기다랗고 숱이 많은 생각들
내가 오른쪽으로 고삐를 당기면
물거울이 철렁 방울소릴 낸다
세상 울음을 모두 담아둔 듯
그 소리에 사막이 움푹움푹 젖는다
낙타의 발, 자, 국,
가고 싶은 데로 이리저리 고삐를 당긴다
언제부턴지 나는 낙타의 주인
그러니 내 발자국은 없다
인가에서 멀어질수록 나는 더욱 없다
낙타가 가다가 가시먹풀을 보고
방향을 바꾼다
칼잎에 베인 입을 쓰윽 닦으면

하늘로 번지는 찌릿한 기도
바람이 휘이익 불어 낙타의 발자국도 가고
이제 나도 낙타도 없다
안장처럼 얹힌 밤이 있을 뿐
사막 어디쯤 날 떨군
그런 모래 사나이만 있을 뿐

* 힌두어로 '방(房)'이라는 뜻.

무화과나무 그늘

빗방울 하나가
무화과나무 가장 높은 이파리에서
다음 이파리로 그다음 이파리로
터진 몸을
주욱 흘리며

……나는 지구로부터 27142광년 떨어진 B361 소행성에
서 617개의 행성과 4758개의 위성을 지나 146239노트로 달
려 6824일13시간49분21초 만에 이곳에 도착한 8445821256
번째 왕이라……오……와……앙……

나뭇잎마다 붙들고 다급하게
외치다가! 외치다가……
남은 몸을 간신히 거두어
무화과 발밑에서 살았다지
왕관도 옥새도 묻었다지

무화과나무 아래는

그렇게 사라진
빗방울들의 왕릉
그래서 이렇게 서늘하다지

오후 세시와 나리꽃

태양은 미끌 다시
어제 그 마루에 흥건하고
느릿한 노래는 오디오를 나와
딱히 할 일도 없는 탁자로 전화기로
그래도 되지 되고말고,

어슬렁 어디서 오는지
커다랗고 둥근 나른함이
슬그머니 옆에 앉더니
손등을 살살 핥기 시작한다
보드라운 살집을 부비며
다정다감도 주겠다고,
온통 젖가슴 같은
이 말랑말랑한 방으로
곧 모든 세월이 녹고 말 거야
이래도 되나 되는 건가

시간의 배낭 속으로 달콤한

권태가 살금살금 들어가네
너도 같이 갈래?
등 붉은 개미야
가도 가도 가야 할
깨알 같은 개미의 잔등을
천길 오후 그 아득한 숨으로
가만가만 쓰다듬어, 밀어넣어,

일요일의 공원

일요일 공원이 활짝 핀다
한 사람의 경계가 지워진 두 사람
두 사람의 경계가 지워진 세 사람
연인이나 가족이라는
크고 작은 지붕들이
풀밭으로 들어온다
지붕들은 나란히 호수를 보다가
둘러앉아 수박을 쪼개다가
창문 같은 아이를 풀밭에 열어놓기도,
흠뻑 터지는 웃음분수

누군가를 불러 가만히
모서리를 맞대보고 싶은 일요일
지붕이 없는 어떤 한 사람은
공원으로 가는 제 발자국을 세다가
스스로 풀밭이 된다
어긋난 돌무지 바로 놓고
어깨에 망초꽃 피워올리면

가득 햇살을 받아내는
한 사람의 정수리
여기 앉으렴, 이때야
나비 지붕이 환하다

오늘 여기
일요일은
이런 움직이는
너도나도 집들의 공원

여기는 11월

바다의 저 베란다
칸칸이 소나무 새시 튼실하다
나무와 나무 사이는 창문

갈매기가 한 마리
싱크대 앞으로 간다
밥그릇으로 놓였던 낮달이
슬리퍼처럼 구름을 끌고
안방으로 들어간다
고깃배 침대가 한가하다
침대에 걸터앉다 눕다

가을로도 겨울로도
흔들리며 가는 유선형의 섬
가끔 파도가 티브이처럼
무슨 소식을 전하려 하지만
보는 이도 듣는 이도 없다

열린 창문으로 바람 커튼이
한낮을 저어 저어서 가면
모래사장은 과묵한 시멘트벽
이때쯤 별자리 같은 아이들은
학원에서 하나둘 돌아오고

버려진 새장

그 집으로
바람이 들어간다
우리가 살다간 이부자리에
아직 남아 있는
충만한 지저귐과 몽실한 온기
바람이 손을 뻗어 더듬으면
뼈가 만져지는 어떤 아침
홍매화 오얏향 아릿한
다정함이 밥을 해먹으러 일어나고
바쁘게 달그락거리는
싱크대 프라이팬 상냥한 접시들
부엌 한켠에는 맺고 다시 맺었던
양파의 눈물겨운 언약
벗어놓고 간 슬리퍼는
조그만 평화를 끌고 내 정원을 산책한다
여기다 우편함을 달아야지
머뭇거리는 추억을 밀어내며
바람이 들어앉자

무슨 약속이라도 있었는지
팔랑 문지방을 넘어들어가는
가랑잎 한 장
우리가 내다버린
연애나 동맹, 그리고 청춘 같은,
그 집 어디에도 우리는 없고
이제는 저 바람이 주인이다

선물

방은 빈 나무상자
그 많던 달콤한 기미와
솔직함으로 또박또박 걸어오던
향기의 기척들은 어디로
켜켜이 고요를 켜든 촛대들
그림 속 거리도 아주 멀리 사라진다
물컹 뜨거운 계단을 올라
열매를 치렁치렁 매단 고열을 지나면
귓속을 달리는 천 마리의 페르시아 말들
벽이 내 옆에 나란히 눕고
천장이 몇번씩 굽이치다 간 뒤
얼핏 끝이 보이는 통증의 뿌리,

　　창밖 망개나무는 초록으로 달리다
　　자주 열매로 멈추어 있다

여기선 어떤 인정도 길을 잃지
애인들은 긴가민가로 자욱하고

소파가 의자가 내게 건너와
조용하고 담담한
사물들의 피가 고인다
의자 깊숙이 멈춘 나무의 움직임처럼
병이 가만히 날 내려놓고 간 뒤
그들과 나 사이에
눈과 코와 입이 그대로인 것이
처음 보는 나라처럼 낯설다

　청미래덩굴이라고도 하는 저 나무는
　두 이름을 한 몸으로 지나간다

단벌

방이 잘 벗어지지 않아
방의 칼라 끝에
시끄러운 줄장미가 스치고
방의 어깨 위로 까치 날아간다
뒤에서 승용차가 소리를 꽥 지르자
방의 종아리가 놀라 펄쩍,

방이 은행에 들어간다
방의 비밀번호는 더 작은 방
가끔 계단을 헛디뎌 방의 솔기가 터지며
비명이 와락 쏟아지기도 하지만
이걸 여미는 건 역시 방
과묵함이 기워놓은 팔꿈치
방의 주머니 속엔
조용하고 충실한 한 달치 서랍

어쩌다 한낮에 꾸는 꿈처럼
엄마와 동생들

오래된 마루가 등장하고
조갠 수박이라든가 칼국수가 깔깔 웃는
그런 단추도 있어
인기척이 열리고 닫히기도 한다는

지금은 야금야금 바깥을 간 보고 있는
방의 입술

외출

좀 추운 날은 살그머니 단 에스컬레이터를
아주 추운 날은 화들짝 단 초콜릿 엘리베이터,
비 오는 날은 방금 빻은 빵가루 계단이나
뜨거운 날은 아이스레몬 사이클을 타고 오는 것이다
요 탈것들을 듬뿍 발라오는 것이다

어쩌면 이보다 더 좋은지
어쩌면 이리도 방이 좋은지
그걸 아는 것은 오직 외출뿐

잔뜩 퍼담아온 달콤하고 시원한 안달들을
벗어 끌어안으며 살살 녹이며
온몸은
으으음, 이 맛이야!

바깥의 뿌리까지 핥아먹으면
시끄러운 온도와 소리들은 조용함의 바퀴
방으로 굴러가는 초인종

무덤도 이럴 것이라 생각하면
바닷가보다는 산보다는
더더구나 수목 아래보다는
백화점 지하창고에 마련하는 게 훨씬 좋아

밥솥

엄마는 날씨를 가지고 밥을 짓는다
전화기라는 밥솥은
날마다 통화 중
덥다고 춥다고 비 온다 눈 온다

입도 귀도 엄마 혼자면서
감이 머니 지지직 먹통이니
오늘은 설익은 메뉴
이땐 어김없이 내가 돈 이야기를 한 이후라
그렇지만 이도 잠깐, 엄마는 언제나 바쁜 내가
아무 데도 가지 않는다는 걸 알고 있어
밥 냄새를 맡는 아닌 척 그 자리로
날마다 조금씩 엄마를 퍼나른다

찌뿌듯했던 어제의 검은 콩과 너무 뜨거웠다는 그제의
팥알
이 잡곡의 날씨들도 빠짐없이 섞지만
그러나 주재료는 잘 있니?라는 멥쌀 바탕

엄마는 내가 싫어싫어 하면서도 야금야금
걱정의 보리와 안심의 율무가 섞인
엄마 밥을 먹고산다는 것도 알아
그러니까 내 주걱은 텔레콤
엄마를 힘껏 기울인, 밥솥
내 응답은 언제나 식탁에 있다

생일

오래전 아주 먼 동산에
누가 하늘을 심어놓았나
천년 흙을 파고 천년 햇살로
물컹 반죽한 뼈를 세워
언젠가 무엇이 되리라던
바람도 꾹꾹 눌러 다독인 나무
오직 눈만이 전부여서
나무는 고동치는 커다란 창문
세상을 환하게 불러들이곤
팔과 다리를 내달았네
녹슨 순간들의 문고리를
힘껏 밀고 나아가면
창들은 더욱 많아져
바람의 목소리 비의 얼굴
그늘도 새들도 거기 있어
푸른 심장이 붉어 터지도록
숨차게 잎새를 몰고 간다네
그러면 어떤 날 뿌리는 먼 동산에서

수많은 창을 한꺼번에 불러들여
다시 그 어떤 날의 아버지
아버지의 아버지에게로
철커덕 문을 닫아걸며
오늘은 여기서 쉬었다 가라 하네

제2부

입술

그 집은 바라나시 가트 아래서
코브라의 춤이 누운 악사의 피리 속에서 기어나오듯
숟가락 닮은 영혼의 방을 갖고 있어
어딘가 덤벙 담갔다 꺼낼 때마다
목숨도 하나 건져올려진다는데

치수를 재기도 전 마지막 단추의 매듭을 먼저 걱정하는
재단사는 옷감을 짜기도 전 풀린 날실의 과오를 먼저 만나
는 직물사와 손잡고 옷이 필요하기 전 몸이 미처 만들어지
지 못할 듯한 망설임과 불안을 꼭 가두고 있는 집으로 들어
가네

한 생의 동굴은 험하고 깊어
그들은 다시 돌아올 수 없다지만
영혼을 담았다는 그 대문도
잘 때면 그냥 슬그머니 열리는
그런 허름한 빗장을 하고 있어
가끔씩 그들의 탄식이 새어나온다지

풀밭 위의 독서

한 남자가 풀밭에서 책을 읽는데……
　　　어스름 두꺼운 책
품고 있던 어둠이 풀밭에 떨어지는데……
　　　그것들은 잘 제본된 날짜들
남자가 페이지를 손으로 넘기는데……
　　　햇살이 그때마다 책갈피에 끼워져
나뭇잎처럼 태양이 어둑해지는데……
　　　한낮이 고스란히 책 속으로 들어가고
남자가 막 책장을 덮으려는데……
　　　언제부터지 저 깨알거미
책과 풀밭을 애써 이어놓았는데……
　　　책 속으로 들어가
무슨 글자라도 되고 싶었는데……
　　　다음날을 접어두는 저 남자처럼
허둥, 저녁 행간으로 떨어지고 마는데……
　　　풀밭과 책, 그 갈피에서
애쓴 길이 하나 지워지는데……

없는 의자

잎은 꽃이 의자니?
바람은 벽이 의자?
주차장은 바퀴가 의자고?
기다림은 전화가 의자?
엄마는 아이가 의자니?
슈퍼는 손님이 의자?
봄은 여름이 의자이고?
새는 허공이 의자?
소리는 귀가 의자니?
식탁은 공기밥이 의자이고?
빨래는 햇볕이 의자?
복권은 돈이 의자니?
화투는 방석이 의자니?
어리둥절은 친근함이 의자이니?
막막함은 분주함이 의자
없는 것은 있는 것이 의자니?
저기 없는 의자
없는 의자도 역시 의자니?

없는에 앉아
개일 숟가락을 붙들고
퍼먹으려 내 의자지! 의자지?
몸 접어넣으려면
세상 것들은 서로 슬금슬금
이리저리 달아나는 그런
그런 의자들이니?

탄생

선인장 가지를 꺾어 유리화병에 꽂는다
물속에 꽂히는 정수리

물거미가 그랬다니 숲에 살던 거미가 어찌어찌 강물에
빠져 물거미가 그랬다니 물속에 공기방을 만들어 방을 어
떻게 만드나 물거미 뒷발 둥글게 모아 수면 위 공기를 조
금 떼어다 물거미가 그랬다니 공기벽돌 차곡차곡, 허공을
수없이 날라다 물속에 부레집을 지었다니 거기 바람도 구
름도 새도 데려다 결혼도 하고 아기도 낳고 그 속에서 목숨
다해 살았다니

선인장 까마득 몸서리치다
얼마 후 무명실뿌리 내리기 시작하네
내게도 뒷발이 있어야겠어
유리 밖 허공으로 조금씩 올라왔네

그러나 어쩌나 무명실뿌리 헛발짓만 하는 무명실뿌리
밀어도 밀어도 물속

애쓴 싹은 너무 가느다란 비명
허공 만질 수 없네
허공 퍼담을 수 없네
푸르던 선인장 이마 시름시름
물에 살다 물에 말라 물속에서 죽겠다네

이때야 물은 가만히
제 몸을 줄이기 시작한다

벤치

그가 '즐'이라는 개를 데리고 공원에 나왔다
즐겁게의 '즐'을 그가 키운다는 건 알았지만
만난 건 이번이 처음이다
그와 즐과 그녀가 나란히 앉는다
즐이 중간에 끼자 그와 그녀 사이가 좀 멀어진 듯하다
즐의 목줄을 잡은 그의 손등을 가만히 본다
집 소파처럼 느슨하고 편안하다
그녀도 손을 뻗어 즐의 등을 쓸어본다
털은 보드랍고 올라오는 생기가 있다
서너 개의 밤색 반점이 몸통을 온순하게 누르고 있다
이 둥근 점들은 그의 가족임을 상기하자
즐이 함께 쓰고 있는 거실이며 안방이며 욕실인
그의 가정이 손가락에 묻어나온다
오동통하게 만져지는 살집 또한 안정하다
내게로 목을 틀자 즐이 조금 저항하는 듯하더니
곧 단호한 눈을 보여준다
이때 아주 잠깐 겁이 딸려나온다
우린 즐 이야기를 계속하는데 별로 즐겁지 않다

그가 가끔 집을 나와 내게 오기도 하는 것은
즐처럼 나에게도 그의 목줄이 채워져 있기 때문

잠시 후 그는 나를 놓고 그의 즐을 끌고 간다
앞서다 돌아보기도 주위를 빙 돌기도 하면서
즐이 꼬리치며 그를 데리고 간다
그가 가는 곳은 그의 집이고
그녀인 나는 언제나 그의 공원에 있다

겨울 장미

어디서 세월이 새나
어라 시절 저물기 전에
서둘러 꽃, 내 꽃잎은……
안개로 높았던 성곽, 둥실 한 시절
군대개미들의 행진에 맞춰
무당달팽이와 비와 구름의
다정함도 다 가고
꿈의 리본 끝에 따라나온
냉정한 선물은
황급히 꽃다운 나이를 소리치라고
철썩!
뺨으로 온 바람에
'장—미'라는 이름의 혀가 얼어
그 붉음을 동동거리는
허허벌판,
언 손가락을 붙들고
조금만 조금만 더
애써 바람을 찢어보려는 향기

그러다 첫 눈보라에 섞여
그만 얼음빗장이 걸리는
간개의 성문, 쾅!
하고 닫히는 저 철없는 청춘

버드나무

지나가던 강물 한 자락을
내가 언제 잡아당겼나
몸이 들이켠 이 먼 길
어딘지 모를 그 처음이
명치끝에서 뾰족하다
등뼈를 타고 떠내려온
낯선 살림살이들
이가 하얀 조약돌이나 달빛 가구
서랍 속 수심은 더욱 깊어
어딘가에 두고 온 나룻배도 한 척
뱃전에는 산다는 것에다 뼈를
꼭꼭 새겨넣은, 점자 같은
그리움이 새까맣다
푸드득 민물다랑어가
느릿한 달빛을 꼬아
지느러미를 짜내는
그가 몰고 온 이 길이
내 팔다리에 가득 출렁여

마침내 나를 통째로 떠메고
다시 콸콸 떠나려는
여긴 벌써 그 푸르른 강이고말고,

구름사전 보유편

누가 불을 놓았나
여섯시의 공터에
말풍선처럼
부풀어오르는 회색 자루
저마다 정박했던 모양과 색을 거두어 담고
서둘러 사물을 빠져나간다

오래전 바람의 외투를 찾아 입으며
높이 세우는 뜨거운 저 돛대들
나는 의자였어요 실타래였어요
숨겨두었던 불씨를 탁탁 터뜨려
잡풀도 초록 닻을 거두는 기슭

저기 날숨결 자욱한 것 봐
낚아채다 밀쳐내다 저렇게
짙어지다 흐려지다
멀리 더 멀리 제 말들을 퍼다버린다

들이켜고 베어먹은 일생에서
있어도 되고 없어도 되는 뜨거운 꿈이
땅을 밀치고 둥실 구름 방주로
거대하고 성숙한 두려움으로
또 한 섬 찾아가는 것을
한 사람이 오래 서서 읽고 있다

갑자기 봄!

신생목욕탕 문이 열리고
한 노파가 나온다
와락 물아지랑이
따라나오다 뚝 끊어진다
한낮의 어질 덤불
길은 망가진 고삐처럼 노파를
당기다 놓아버린다
앞으로 꼬꾸라지는 저 몸
목욕바구니가 나뒹굴어 지며
굴러가는 젖은 아이, 젖은 처녀, 젖은 엄마
쟁여두었던 일생의 습기가
헐거워진 몸을 빠져 달려나가듯
봄에 푹 담갔다 꺼내도
어떤 핏기도 돌지 않을 정갈한 몸은
부서진 과자처럼 흩어지는데,

달아나는 저 하나하나의 생기를
부여잡는 늙은 눈동자만

비상등처럼 번쩍!

눈이 딱 마주친 풀씨 하나가
그 살기를 덥석 받아
장엄하고 시퍼런 봄으로 들어간다

봄밤

길이에요
하얀 오얏꽃 융단, 두근두근 집을 나섰지요
꽃잎들 허공을 얼마나 마셨는지
허파가 터지게 웃다가 그만 떨어졌다나요
발이 동동 꽃길이 조금씩 떠올랐어요
입술이 마르는 것도 모르고
아직도 웃고 있는 오얏꽃과
비누방울 놀이를 했었나요
앞서가던 오솔길이
발그림자를 받아안고 재촉했지요
밤바람도 살랑 뒤를 따라온
길의 막다른 곳에서 만난 숲
아 글쎄 그 키 크고 시커먼 어둠이
오얏 흰 꽃잎의 집이었다나요
나는 대문을 슬몃 열고 들어갔지요

새들의 숨이 엎드린 채 잠들어 있는
집 안은 이상하게도 환했어요

별이 보내준 오색실이
창문에 걸려 서로 반짝이다
눈부셔 그냥 몽땅 은빛이 되어버렸다나요
왜 내 꽃들이 환했는지 알 것 같았어요
지붕 위의 달은 아이스크림처럼 녹아
꽃 떨어진 둥지 달콤해지기 시작하고
그 자리에 어둠은 조심조심 젖을 물리고 있었죠

여긴 너무 조용해
날개가 돋으려는 듯 내 겨드랑이에서
자꾸 웃음이 터졌는데 그 기척은 송곳처럼
고요의 말주머니를 터뜨렸어요
말들이 풀밭에 와르르 쏟아졌지요
나는 이상한 둥근 알 모양의 말들을
참새도록 주워담았어요
내 커다란 고동색 앞치마가
그렇게 불룩해져 돌아온 후
요즘 내 뜨락은

그때 주워온 풀물 든 말들이 깨어
막 날갯짓을 배우느라 왁자하답니다

그런데 음, 그 숲에서요
사실은 줍다 놓쳐버린 말이 있었는데
오늘 내 뜰에 아직도 말문을 못 여는 한 가지
아무래도 그때 그 일이 자꾸 마음에 걸려요
서두르다 덤불 속에 빠뜨린 숨 찾으러
다시 그 길 가봐야겠어요
이제 너무 늦어 오얏꽃잎들도
길을 지우고 떠난 그믐밤
그 숲 찾을 수 있을까 걱정이에요

은밀한 봄

한낮이구요, 풀밭이에요
여기, 붉은 흙알갱이 소복하다구요
누군지 몸을 구부려
땅을 힘껏 파낸 거지요 이 구멍,
곱고 동그란 흙알들을 품고 있었을
이 뜨거운 품이
자꾸만 무언가 부르고 있어요
안으로 길게 길을 낸 발자국 보여요
누군가 바쁘게 몸을 감춘 듯한 은밀한 대문은
언저리 사방 햇살을 모두 빨아들이며
깊게 들이쉬는 절절함이죠
가만히 귀 기울이면 아주 오래전
그 속에 잘 살았던, 어떤 이의
목소리가 들리는 듯하구요
어둠을 밖으로 퍼내어 햇살로 버무리는
그런 손도 얼핏 보이는 듯해요
그래요, 공기도 동동거리며
바쁘게 들고나고 있어요

바위 소파

강화 분오리돈대 밑에는
큼직한 회색 바위 소파
거기 앉으면 그 소파의 식구들이
하나둘씩 몰려온다네

가장 먼저 오는 이는 갈매기
힘껏 이고 온 바다를 부려놓으면
파도는 물거품으로 쓰인 서류봉투
명랑한 새끼게 수심의 갯지렁이
그 뒤를 깨졌어도 새침한 굴딱지 따라나오고
종일 제 몸을 나누고 더하던 외판원 새털구름도
발꿈치에 묻은 햇살을 탁탁 털어내며
어슬렁

돌아온다네
전쟁이 끝난 후의 전함처럼
낡아 평온해진 깃발을 펄럭이며
천년 전이 만년 전이

세상의 모든 계약서와 모든 고지서가 퇴근한
천년 후가 만년 후가

저녁 팡파르를 길게 울리며
까마득 고단한 등을 뉘러 온다네
그러니 그 소파는 날마다의 닻
밤마다 달짝하고 따끈한
집이라는 양탄자를 짜고 있는 터,

포효하는 양파
냄새의 초상 2

검은 비닐 속에서
울컥 쏟아놓는 짐승,
입이며 발인 끈적한 귀가
소리를 그르릉 머금고
사방을 살피더니,
짧고 뭉뚝한 팔을 세워올려
무엇이 되려는 안간 부릅뜸을
공중에 탯줄로 내걸더니,

거꾸로 피를 돌려 달린다

둥근 한 채의 양파를 박차고
사방으로 문을 내는 갈기들
찢어지며 소리치는,
맹수의 이빨 같은
저 발자국들

그러면 누구든 문을 열지

그러나 문밖에선 느릿,
착한 노루 한 마리이다가
비둘기이다가 마침내 바람이다가
두둥실 구름 호랑이,

저런, 허공 올가미

바빴던 고요
냄새의 초상 3

탁자 위에 두었던 사과 한 알이
와르르 사과,
한 서른 날 집 비운 사이
공중을 꿈꾸었나
풍선처럼 뛰어오르며 달려드는
들쩍지근하고 시큼하고 말캉한
사과 아이들로 방 안은 이미 터질 듯

어미는 불룩한 몸이 사뭇 줄어
쭈글 나무색 둥지를 닮아 있고
각기 맡은 바 임무를 다하던
무뚝뚝한 창틀도 소심한 등받이의자도
그 냄새의 가지로 휘어져
이제 한 그루 사과나무라는 듯

그러나 그건 어떤 씨앗의 힘도 아닌
길쭉하고 조금은 축축한 울음 같은 것
힘껏 제 살을 퍼올리며

밖으로 밖으로 간절하던 창문

그 어미 사과를 들어올리자
방 안에 숨었던 그의 사내가
놀라 후다닥 뛰쳐나간다
한 서른 날 사과와 흠흠
한 살림 바빴던 저 고요
꿈만 챙겨가는 황급한 저 뒷모습

화분

때를 놓쳐버린
목화꽃 씨앗을 놓고
새까만 저 생각들을 머리맡에 두고
어느 해의 운하 밑으로
조용히 흘러들어온 뱃머리
휘저어 넣었던 불끈 태양과
녹아든 천둥 같은 구불텅
그 발목을 자꾸 들여다본다

이제 너무 늦었니?
탄 모래알 같은
한 채의 몸을 바라보고
그래도 여름, 아직은 여름
지금이라도 가볼래?
가볼래!

그대로 새까만 침묵 그대로인
미개봉된 한 생의 자재들을 들추다

그 누군가도 깜박 잊고
날 심지 않고 가버렸다는
한 설움에 옷자락이 잡혀
여기 꼼꼼 날 심어넣으며
싹 틔우려, 꽃 피우려,

그냥

그 집의 문을 열면 둠벙
때는 저녁 어스름, 물가에는
가슴을 밟고 간 진흙 발자국
젖은 명치 그 어디쯤
조그만 돌문이 있어 다시 상점이 되는
스낵도 라면도 아이스크림도
약속을 하고 약속을 지키지 않는 약속
피망 더미 위에는 왠지 놀란 파라솔
건널까 말까의 깜빡이 신호등
버스를 타면 거기도 둠벙
그렇게 학교도 가고 연애도 하고 아이도 낳으며
아니 아니 이 아무것도 하지 않으며
점점이 떠 있는 가로등 구름
어떤 환승역에서 두리번 멈춰서
슬그머니 빠져 미끄러져 들어가버린,

턱을 약간 들고 먼 곳을 보면
목울대에서 심심하게

열리는 오래된 문, 그냥!

등에 질긴 인연을 걸머지고도 여행자처럼
배낭엔 아무것도 들어있지 않다고 말하는
그런 고단한 집 한 채, 너도 지고 들어가는
잠잘 곳, 그런 여인숙 같은 그냥

다리

강물이라든지 꽃잎이라든지 연애
그렇게 흘러가는 것들을
애써 붙들어보면
앞자락에 단추 같은 것이 보인다
가는 끝을 말아쥐고 부여잡은 둥긂
그 표면장력이 불끈 맺어놓은 설움에
꽁꽁 달아맨 염원의 실밥

바다로나 흙으로나 기억으로 가다
잠깐 여며보는
그냥…… 지금…… 뭐…… 그런 옷자락들

거기 흠뻑 발 젖은
안간힘의 다리가 보인다

메아리

그 새는
아무도 보지 못하지
오직 내게서 태어나
나만을 향해 사는
그 새는
나의 방금 전에 둥지를 틀고
나의 방금 후에 새끼를 낳는다네
나는 그 새의 번개 남편
언제 어느 때든
비명처럼 그녀를 부르네
그러면 벼랑 그 여자
그녀의 아이들 내게 보내네
우 우 우
나도 모르게 키워놓은
캄캄한 가슴
그녀의 첩첩 근심들이
온 산을 굽이 휘돌아
내 가슴을 치고 간다네
그렇게 천지가 아득하다네

제3부

행복하다라는 새

분홍과 파랑이 바쁜 원피스에
까망 구두를 신었죠
팔랑 걸어갈 때마다
발목이 살짝 보이는데
나뭇가지처럼 얌전하죠
  까망 구두는 까망 발톱
  흙 묻은 까망 발톱

분홍과 파랑 겨드랑이엔 보랏빛 깃털
어깨를 부르르 떨면
갈비뼈 사이에 박혀 있던 탄성이
으으윽, 높이 날아오르지요
눈부셔라
  까망 구두는 까망 발톱
  흙 묻은 까망 발톱

거봐, 거봐
내 말이 맞지? 맞지?

꽹과리처럼 새의 부리는 번져서
온 동네를 다 깨우고 싶어지죠
한밤중에도 휘영청
오색 무지개가 내다걸리죠
   까망 구두는 까망 발톱
   흙 묻은 까망 발톱

그러다 웃어서 더욱 작아진 눈으로
문득 불안이 기웃, 꿈일까?
간혹 어떤 이는 잘못 봤어!
그렇게 참 깜빡, 우기기도 하지요
   까망 구두는 까망 발톱
   흙 묻은 까망 발톱

구름 결혼식

볼이 통통한 여자가 긴 머리를
소녀란 리본으로 묶어올린 여자가
양의 탈을 쓴 늑대의, 늑대의 폭신한 가슴으로 다가온다
조용히 퍼지는 바람의 웨딩마치

늑대의 어깨선이 허물어지고
둘이 입맞춤한다 통통 여자의 볼이
늑대의 입속으로 사각사각 사라지고
늑대의 늑골이 녹아
늑대의 늑대도 꼬리를 버려
한다발의 소녀도 흩어지고
양의 탈은 뭉실뭉실

여자와 늑대가 처음부터 하나인 것처럼
두두리뭉실,
잘 포장된 푸른색 하늘을 뜯어낸다
노을이 덜커덩 열리고 저녁 식탁을 지나면
어떤 결말처럼 반달문

다시 볼이 통통한 소녀가 방에서 걸어나오고
덩치가 커진 탈은 더 큰 늑대를 찾아
두두리 그렇게 둥둥 소녀와 늑대와 양이
집채만큼 둥 커져서 캄캄함
터질 듯 무서운 가족들, 지붕들,
그러다 마을들

체크무늬 남자

연애가 산들 여기 숨어살자 간질이고
다정한 꽃들이 반지처럼
빨강 파랑이라고 반짝, 노래하는 길로
즐거운 소풍을 떠나네

룰루루 미래라는 도시락을 싸들고
착한 구름을 갸옷 눌러쓰고
얼마쯤 가다보니 조그만 시냇물
조그만 조약돌 딛고서 조그만 강을 건너니
여기서부터는 이상한 진흙 바다
그래도 가끔 조개가 있어 진주가 큰다고 속삭이지
가다가 만나는 악어뱀, 그것도 귀여운 농담이라나
이때야 의심이 타조처럼 성큼 오지만
까마득 발이 빠진 곳은
천년 전 누군가 덫으로 놓은 안방 정글

날은 저물어 어두운데
하이에나가 나오고 파렴치가 나오고

원숭이가 나오고 치사함이 나오고 난폭함이 으스스
돌아갈수없음이라는 식충화가 악!
발목을 휘감아 올라오네

그녀도 이미 어여쁜 숙녀가 아니라지
얌전한 레이스 구름은 언제 먹구름천둥 앞치마
에라가 자라서 악다구니가 뛰어나오고
온몸을 찢고 터지는 가시들
손발에선 창칼이 돋아
소풍을 마구 짓밟고 한바탕
엉켜 한 무늬 만들었다네

저 남자 속에 저 여자
오늘도 그 무늬 여미고 회사 가는데,
오다가 흘린 미래를 정작 까먹은 건
오솔길과 진흙길과 그 정글길
그래서 마을로 가는 길은
이렇게 뚱뚱해졌다네

이웃집 여자

그녀가 바빠졌다
그녀는 이제 갓 이혼녀
아침이면 두개골을 활짝 열고
아직 습기 찬 감옥을 널어놓고 나간다
이십대에 넣어둔
처녀의 운동화를 꺼내 신고
스쿼시도 하다가 에어로빅도 하다가
문화센터에서 종이 다보탑을 접고
행복한 삶이나 웃음철학도 듣는다
저녁은 잘 차린 연어구이 밥상
한 벌의 수저를 가지런히 놓고
백포도주도 한 모금 찔끔,
갑자기 미래가 희망찬
시간의 바다 속으로 던져졌다
뭐든 할 수 있음! 그 하루 위에서
적극적이라는 구명보트에 매달린
그녀의 삶은 이제 무사하리
그녀는 그녀를 석방하고 얻은

단독자의 통장을 베고 눕는다
이제 그녀는
그녀로만 가는 돛대 같은 것
자고 나면 열심히
열심히 하루를 헤엄칠 것이다
라고 말하다 암초처럼 꿈이 닿으면
갑자기 그녀의 옛 감옥으로
획 돌아 내달리는
그녀의 저 큰 등지느러미

또 이웃집 여자

저 칼은 틈만 나면
제 생을 갈아 보이네
비릿한 등푸름이나 호박 햇살이
군데군데 칼날에 말라붙어
시절 퍼렇던 밥상을 차리네
부엌살이 거뭇한 저 얼룩은
하 많은 메뉴들의 핏방울
젖은 몸 다져낸 난도질
누가 무엇을 좋아하는지 지금도
저 칼은 잘 알고 있지만
이젠 소용없이
태산 같은 침묵만 다지고 있네
식구들은 헐거워진 칼집처럼
곁을 떠난 지 오래,
기우뚱 삭은 칼자루를 붙들고
가끔은 외출도 하는데
그럴 때면 무뎌진 잇몸으로
어둡고 물컹한 날을 베어물고

말라비틀린 남은 생을
떠듬 다듬어보기도 한다네
골목에 조금 내려놓기도 한다네

적막하다라는 말

털이 있고 움직이죠
네 개의 다리로 어슬렁
그러나 게을러 멀리 가진 못하죠
허리는 뚱뚱한 불면
뼈로 굳은 연애의 흔적이
끌칼로 솟아 잠을 깎고
등은 낙타같이 막막하죠
젖무덤은 희망을 몇 낳아 기른 적도 있어
제풀에 쭈글 울고
거길 휩쓸고 간 회한의 꼬리는 길고 길죠
살금살금 들어가보는 옛 사원
벽돌처럼 휘둘러진 자주색 커튼
정색을 한 형광등 아래
낮의 파도처럼 전화벨이 울리면
깜짝 비켜서는 모래언덕처럼
앞발이 우뚝 서기도 하죠
회색 눈동자 속에는 여전히
소리치며 갇혀 있는 사물들

잘못 들린 초인종에
반가움을 와그르르 쏟아넣지만
한번도 문이 열린 적은 없죠
달그락달그락 자개농 속 달 그릇을 당겨
희고 조용한 우윳빛을 기울여 먹으며
웅크린, 늙고 뚱뚱한
캄캄함이 혼자서 하얗게 세지요

이웃집 남자

내가 아는
그 바다에는
그뿐이다
그는 일어나
티브이를 켠다
쌀을 씻는다
창문을 닦는다
서랍을 정리한다
그의 아침은
저녁으로 망망대해
가끔 고래처럼 전화벨이
출렁~ 하기도 하지만
그건 고장난 등대나
광고말씀이라는 부표
그의 모두는 그의 것
아무도 그를 쓰지 않아
그를 가져가지 않아
그는 그의 양손을 잡아본다

구멍튜브처럼
몸에서 빠져나간 한 손이
다른 한 손을 쓰다듬으며
따뜻한 두 사람인 듯,
가도 가도 끝이 없는
둥실 부레로
떠 있는 그 남자

복도꽃밭

복도에 세살, 다섯살의
난타꽃밭
민지다? 진영이다, 소라다!
퉁퉁 부은 오후의
종아리가 펄쩍 뛴다

현관이 일어나 발끝을 세우고
그 꽃모종 몇개 뽑아든다
현관문은 방의 팔

좀 길고 높이 퍼진 까르르 덩굴은 꽃병에 꽂고
작고 통통한 아앙 가지는 화분에 심자
쿵, 들들, 야호도 하나씩 퉁탕 옆에 함께
벽지를 찢고 벽돌을 뚫고 꽃들이 활짝
그래그래, 네 식으로
　　　옳지, 높!이! 넓―게―

대머리 천장이 머리를 맞대고

꽃술을 더듬는데
티브이 화면은 어제 심은 죽은 꽃들을 뽑아내며
이그, 또 시작이네
그러나 베란다는 무조건 오케이

퇴근하는 햇볕도 말려보는 저녁
시끄러운 이웃이 좋다
시끄러운 이웃의 진저리가 활짝

조용한 복도

옆집이 이사를 갔다
복도는 문득
소리의 빈 자루
망연 입을 벌린 커다란 해안
썰물처럼 빠져나간
도마질 소리, 와르르 웃음소리
못살아 탁탁 빗자루 소리
갈치 구워지는 그래도 소리
된장찌개 다시 보글 소리
와장창, 쿵, 드르륵득
모두 사라진
저 고요의 갯벌을 향하여
내 방 냉장고가 베고니아가
청거북이 형광등이 내 슬리퍼가
자꾸자꾸 기어나간다
귀를 때리던 그 천둥 폭풍우들은
오늘 보니 내게 오던 햇볕
갈매기 기웃

날 똑똑 두드리던 날개, 웬걸
내 방에 쏴 철썩 쏟아지던 안녕
눈부시게 뜨던 팡파르 태양,
다시 그 아우성을 기다리는
나는 이제 귀만 커진 갯벌
마냥 주저앉은 그런 빈 자루

새로운 이웃

군함이 도착했다
906호 항구가 활짝 열리고
뛰어내리는 저 물자들
18자 장롱 500리터 냉장고
7.2킬로 세탁기 25인치 티브이 10인 압력솥
그리고 사령관 1명 참모 1명 병사 2명
군사견이 한 마리
새로운 전쟁이 시작될 것이다
낯선 길이 열리며
풍선과 크레파스를 든
어린 병사 둘은
영재유치원과 한수초교에 각각 배치되고
대머리 사령관은 본부와 작전회의 중
복도의 뚱뚱한 탐조등을 헤치며
참모는 슈퍼에 순찰 나간다
엘리베이터에서 마주치는 레이더 장치
우리는 서서히 이 전쟁을
함께할 것이다

이제 곧 작전개시, 저녁에
포탄 같은 시루떡이 한 접시 날라져왔다

어떤 미소

지금 저 웅크림은

한 무리의 산양이 풀을 뜯고
햇볕들이 와와
막사를 짓고 빨래도 하고
온 동네 언덕을 불러
커다란 가마솥을 걸던 들판
그런 취직과 결혼의 초원
꽃부리도 힘껏 품고 있던 아궁이
이제는 아무도 모르는 동굴
부끄럽기도 시끄럽기도 하던
포탄을 묻은 컴컴한 조용함이
머뭇 활짝 금이 가는데,

저 노인

오늘 복지관 작약꽃밭 앞에서
그때 무너지며 함께 묻혔던

햇살 병정들이
저기 옛 세월의 손가락들이
천근 침묵의 몸살림을 막
밀치고 나오는 중이다

살구나무

자고나니 목소리가 떨어져나갔다
붙어살던 말들도
모두 봄비를 신고 따라나갔다
온몸에 꽃불을 터뜨려
날 보낸다는 건
어떤 골몰을 죽도록 앓는 것
내게 목소리가 없자 귀도 먹먹해졌다
그랬었지, 그래
나를 듣던 수많은 눈빛들이
가지에 남아있다 서서히
꽃모가지로 모여들기 시작한다
빈 목청 자리에
서늘한 달을 기울여 넣으며
안으로 안으로 이제 시큼한 설움이 익을 것
몇몇은 아직도
젖은 말의 실밥이 달려 있어
그래, 그랬었지
이제 나머지는

바람에 꽃잎을 기워넣으며
조용히 새 옷을 지을 터,

모자로 된 방

사람은 없는데 사람이 담긴
불룩한
저것들을 모두 어쩌지
이 방에 두기에는 너무 많은
목요일로 풀린 화요일로 짜인
이리 뒤척이 저리 뒤척이
산처럼 쌓여 또 모자들

맨 위의 모자를 잡으니
가랑잎처럼 발칵 부서져
다시 모자를 잡으니 과묵한 풍경처럼
제 바람에 모였다 흩어지는
결혼식 하객들처럼
일년도 십년도
없었던 것처럼,
다시 모자는 길처럼 아득해지고

어쩐지 분주한 내가

방 안의 모자가 다 사라져버릴 때까지
마지막 모자를 들어올리면
아침이 온다는 것은
조금 옆으로 자리를 옮긴 모자의 산이
새로이 하나 생긴다는 것일 뿐
커다란 모자 지붕이
둥실 한번 굴러가는 것일 뿐

달리는 모자

　오른손이 쉴새없이 둥근 원을 그리고 왼손은 공손하게 그 오른손을 보고 있다 뜨개질 하는 여자, 가방 속 까만 실타래가 슬슬슬 풀리다가 어떤 때는 어디엔가 걸린 듯 팽팽해지다가 획 잡아당겨지다가,

　유리문에 꺾여들어온 지축 햇살 한다발이 짜이고, 따라붙던 몇줄기 실바람이 감긴다 가판 신문대의 화장품모델이 당겨져 맞은편 꺾어신은 검정 구두와 낡은 밤색 코르덴 올과 나란히 섞이고 전동차 기계음도 한줄 둥글게말려 짜이다 잠자는 아이의 꿈이 한가닥 끼어들면 짧은뜨기로 반짝이며 촘촘히 박히는 한낮,

　짜임의 넓이가 둥글게 커진다 전동차 가득 부풀어오르는 그 무엇, 구파발을 지나 독립문에 이르는데 갑자기 실타래가 전동차 통로로 통통 튕겨진다 앞차와의 간격을 위한 급제동에 반쯤 짜였던 내가 길게 풀리며 겨울 한나절로 굴러간다

독신

버려진 장독은 아무도 열지 않아
스스로 제 몸에 금을 긋는다
칼날은 아주 오래된 햇살
천둥소리, 그리고 어떤 기척들
더이상 빛도 소리도 아닌
캄캄함이 터지고
그 움직임에 한때 독을 드나들며
잘 놀았던 모두가 몰려와 주위를 맴돈다
독을 두드리기 시작한다
그러면 일시에 깨어나는
왁자한 음표들
독은 잔뜩 부풀어
풀벌레 울음 가장 가까운 곳
그곳에 실금이 간다
마침내 맞금이 간다
독은 그렇게 스스로 몸을 열어
오래된 어둠을 소리로 바꿔본다

빈자리

새장에 살던 두루미 한 쌍이
오늘 보니 혼자다
다시 보면 지우려는 생각처럼
새장은 떠난 새가 살던 만큼의
무수한 빈자리로 가득해

남은 한 마리가 먹이 미꾸리를 쫀다
그 옆에 없는 자리
그 자리도 도랑을 기웃거리다
깜박 잊었다는 듯
내 부리는 어디 갔니 나 어디 갔니
없는 날갯죽지도 한번 부르르

저녁이 긴 목을 뽑아서
빈자리의 목덜미에 묻는다
한 마리가 없는 자리
그 새 모양의 빈자리
어둑해지고

108

공원의 아이들은
새장으로 몸을 밀며
네 짝은 어딨니 어디 갔니 자꾸 묻지만
어른들은 안다
누군가가 떠난 그 자리는
사라진 그 누군가로 빽빽한 자리

그래서 혼자가 된 남은 이를
꽉 붙들고 산다는 것을

그 마음자리

집게거미 한 마리 집 짓는다 개망초 꽃대에 서까래 놓고 비단벽돌 차곡차곡, 드디어 통풍도 좋은 둥근 집, 서늘한 눈매의 달빛 들어앉히고 그 옆에 거미도 나란히 앉았다 이때 지나던 돌바람이 개망초 꽃대를 앞으로 당겨 그 집의 매무새, 지붕이며 담장을 넘보다 툭 하고 그 집 찢어져버렸다 벽돌이 와르르 무너지고 얌전한 달빛이 소스라쳐 뛰어올랐다 무심하던 망초도 안타까워 발 구르는데,

집게거미 황급히 놀란 달빛 끌어안으며 흩어진 비단 거두어들이더니 망연 어디에 다시 서까래 놓을까 바람은 꽃대 당겼던 손을 쥐고 어쩔 줄 몰라, 여기저기 망초 꽃대 사이의 허공을 다져 새 집터를 만들고 있다

한없이 순해진 돌바람 그렇게 제 신발을 벗어들고 그냥 거미의 집이 되었다

제4부

화천 태생

길쭉하고 반질하고 차가운 감촉 하나
화천 사방거리에서 만져본
가운데가 잘록하니 발자국 모양 돌
그 냇가에 그 물자리에
가만히 내려놓고 온 화천 태생

그날 밤 날 따라왔나
어깨에 흙모래알을 조금 붙이고
이마에는 초록 이끼
초록 그 너머에는 조그만 창문
들여다보니 갓난아이가 강보에 싸여 있고
벽은 막사인 듯 휘둘러진 국방색 담요
간혹 들리는 총소리 대포소리
엄마는 물 길러 가고 없다

강줄기를 몸에 겹겹이 감고 있는
가물가물 저 애가 나인 것 같아
옆에 놓인 조그만 궤짝 하나

112

야무지게 붙은 경첩 위를
흔들리다 반짝이다 어르다 쪼다 핥는
저 햇살 저 경첩을 다 녹여서
언제 덜커덩 열릴 것인가

반은 꺼내 썼을지도 모를 나를
아직 반은 담아두고 있는 방
날 키워낸
세월의 젖을 빚어내던
빛나는 우물은 거기 어디쯤 있었을까

여섯시의 신호등 앞에서
냄새의 초상 1

저건 무슨 새일까
훅— 날 스치고 날아가는
냄새의 깃털을 하나 주워들면
좀더 넓게 좀더 높이
이른 저녁의 대기가 이마를 들어올리며
새의 날개깃을 받쳐들고 있다
희미해지는 형체와는 달리
오히려 분명해지는
한 마리 한 마리 또 한 마리의 회전
자꾸 불어나는 새들의 숫자를 세면
그것은 빠르게 직선으로 곡선으로
나와 저녁을 빙빙 에워싸기 시작한다
작고 조그만 발들은 무슨 비밀의 창
새의 부리는 부드러운 도 음에서
맵고 날카로운 솔이나 라 음을 함께 물어온다
이내 한 시절이 내 어깨 위에
악보처럼 사뿐 내려앉았다
매화울타리 마디 끝에 터질 듯

양철대문 그 낡은 양옥집에서
막 지어낸 여덟살의 저녁,
그래 이 새들은 오래된 라디오처럼 자지직
미닫이문을 열고 들어서던 군의관 아버지
국방색에서 날아오르던 에틸알코올,
그 휘발성의 꿈이었구나
저녁 여섯시를 울려퍼지던
그때 그 밥상, 못갖춘마디 같은
그 둥지를 머리에 이고
나는 문득 오랜 후의 내가 되었다

크나큰 손

한 아이의 손에는 둥실
커다란 우주가 들려 있는지
뒤뚱뒤뚱 걸어와
내가 쥐여주는 물건을
자꾸 떨어뜨린다

동그란, 말랑한,
저 아이의 시간 위에는
어떤 빈자리도 없다는 듯

숟가락이나 나무인형, 그 무엇 무엇
애써 우리가 만든 그러한 것들이
안간힘을 쓰다 그만 밀려나간다

아직 이 세상으로 오는
손마디가 여물지 않았을 때
오므리고 움켜쥠이 채 생겨나지 않았을 때

그러니까 네 손이 자란다는 건
네 우주를 조금씩 덜어낸다는 것이니?

이별

가는 곳마다 한 아이가
내 목을 감아쥐고 매달린다
가슴에 등에
뜨끈하고 축축한, 자루 같은
길은 자꾸만 내 안으로 고꾸라진다
가로수가 줄줄이 내게 꽂힌다
아이의 눈동자 속에서
둥둥 우리의 방이 떠온다
방 안엔 깨어진 약속의 화분
훌라후프처럼 커져 나뒹굴어진 반지가
커다란 머리통과
방금 구운 빵처럼 부풀어
힘겨운 아이의 몸통을 풀어내려면
그때마다 팔다리 쑥쑥 자라
내 몸을 옥죄며
엄마, 엄마,
날 파고드는 낯선 살
내가 그때

한번도 본 적 없는 이 어떤
사랑을 낳았단 말이니
어디서 자라 날 찾아왔단 말이니

사과 하나의 방

방을 열면 제일 먼저 보이는 건 들판이에요
풀빛 바람이 좌악 펼쳐지는
들판이 끝나는 곳에는 조그만 개울이 있죠
어떤 밤에서 떨어져나온 별인지
저 조약돌 상앗빛 상처를 씻고 있군요
내를 건너면 봄 여름 가을의 옷들이
착하게 걸려 있구요
한껏 부드러워진 태양이
사방으로 주황빛 커튼을 드리우네요
저기 애벌레 친구가 다녀간 식탁 보이죠?
달그락달그락 달은 저녁 설거지를 하고 있구요
텔레비전 옆에 놓인 전화는
여전히 팔을 괴고 누군가를 기다리는 듯해요
바람 천둥의 베란다, 거길 휘돌아나오면
문패처럼 붙어 있는 나뭇잎 자리,
다시 처음 현관이 나오죠
그곳엔 미처 못 보았던 시큼하고 달큼한
나무 하나의 신발이 가지런해요

그러니까 아침 식탁에서
사과 하나를 먹는다는 것은
나무 한 그루를 그대로 내 몸으로 신는 일이지요

지구 한 알

사과나무 열매는
사과나무를 떠난 흔적
나무를 찢고 나온 비명이
지구 저쪽으로 등을 밝히고
멀리멀리 걸어간 발자국
산 넘고 물 건너 돌바람 만나고
가다가가다가 마침내 도착한
집 떠나기 전 바로 그 자리
새까만 신발 한 켤레 벗어놓았네

에그 다시 사과나무
사과 한 알 저 씨앗,

무르익은 나이가
제 무게를 못 견뎌
허공을 부욱 찢으며 달려갑니다

풀밭 위의 시계

갈개비잎 뒤에 둥근 자명종
어떤 시간을 우그려두었나
수십 마리의 목숨이 한꺼번에 울리네
그래도 찰나인 척 엎드린
점점이 빨강 눈 튕겨지더니
그리고 또 한순간이,
달개비잎 하나에 모두 업혀
힘껏 잔등을 부풀리네
누군가 슬어놓은 소리를 깨고
한 목숨은 한 개의 초침으로
또박또박
칫솔도 연필도 가방도 챙겨들고
그렇게 걸어갔다는 것
도르르 말린 달개비잎은 미처 그걸 알지 못했지만
어쨌든 이제 거대한 시간이 어디서든 자랄 것이네
어떤 흔적도 없는 달개비가
그 시간의 엄마였다니

달을 타는 아이들

두 아이가 그네를 탄다
팽팽하던 놀이터의 공기가 찢어지고
아이들만큼 틈이 생긴다
어둠이 재빨리 그 틈 메우려는 사이
아이들 다시 모래 위를 떠올라
미끄럼틀 지나 나무정글 지나
어둠은 더이상 찢어진 허공을 감출 수 없어
제각기 아이들의 둥근 터널이 열리고,
처음 똑같은 박자로 시작한 줄타기는
조금씩 어긋나기 시작하더니
한 아이가 터널의 앞을 향하면
한 아이는 또 한 터널의 뒤를 달린다
멀리 헤어졌다 다시 만나는
두 길의 교차점에서
목화꽃처럼 터지는 짧은 웃음소리
솟구친 아이들 다리 사이로
처음 보는 별이 불려나오고
허공은 허리 휘게

달, 그 오래된 밭을 일구어
아이들의 단단한 씨방을 받아심는다

저 허공에 수많은 색깔들이

허공에는 색색의 집이 있어
소낙비 지나자 내다말리는
수천수만의 무지개 보인다
이때 아주 멀리 가고픈 색은
온 힘을 다해 햇살을 잡는다
쏟아져 달리는 빛의 폭포
낮제비의 목덜미를 미끄러떨어지는
연두는 들판 풀잎으로 초록은 강 물이끼로
따라 내려온 허공을 탁탁 털어내는
하양은 흰남방나비로
슬리퍼를 끌며 가벼운 산책에 나섰던 보라가
자운영 꽃잎이 된 것도 황급히 햇살을 잡아탔던 것
풀숲 꽃뱀은 꿈틀, 파랑빨강노랑으로 몸을 궁굴리고
그 옆 떡갈나무 둥치 가만히 보면 파고든 고동색
지상의 이 모든 사물들은
집을 나온 색들의 새로운 집
그러나 거기엔 허공을 향한 창문도 있어
떠나온 곳이 다시 그리워

조용하고 희미하게 바래기도 하지만
빛살로 뛰어내리는 색들은 매번 달라서
여기에 나무나 모자, 스웨터, 그리고 가구들은
날마다 또다른 색을 받아 사는 것이다

밤

무수한 햇살들은
제각기 누군가를 만나 그늘이 된다
나무들 꽃대들 저 아이들
오래달리기한
각기 다른 뜨거운 빛깔들이
무럭무럭 자란다

그늘이 된 행복한 햇살들은
공원이나 슈퍼에서 흔히 보인다
마주보며 팝콘을 먹거나
쇼핑카를 나란히 미는 사람들
그늘로 자라는 느티는 잎을 부풀려
한아름의 그늘 가족을 만들고
그러니 그늘의 씨앗은 햇살

아무도 만나지 못한 햇살은
창문 안으로 보이는 의자와
평온한 밥과 양배추 샐러드와

구름빛 등받이 쿠션을 기웃거리다
고단한 빛을 땅에 접는다
스스로 그늘이 되어야 하는
그 몸짓은 땅에 스미는 빛의 옹이

너도나도
그렇게 무르익힌 빛의 열매
와르르 쏟아져 터지면 밤,
아직 설익은 그늘은
달빛이나 별빛을 붙들고 모자란 꿈을 채우고
가침내 부드럽고 캄캄한 요람 속으로,
지상의 모든 것들은 그런 그늘의 과즙으로
밤 동안 쑥쑥 자란다

모든 씨앗은 절벽

모든 씨앗들은 어떤 한순간
붉거나 검거나 흰 몸을 버리고
난데없는 초록으로 간다

씨고구마 하나가 오늘
몸을 허물고 있다
이제는 더이상 참을 수 없는 날들을
박차고 몸을 날려 몸을 버리는
붉은 절벽에서
툭툭 터져나오는 줄기는
스스로 공중에 던지는 구명로프다

필사적으로 빠져나오는 저 뒤틀림,
막다른 곳에서 한 몸을 끝내고
다음 몸으로 가는 것 보인다
그 힘의 정수리에서
활짝 펴지는 초록 낙하산
새 생을 잘 받아내고 있다

지금 힘차게 만발하며

함께 뛰어내려

키를 늘리는 또다른 붉은 절벽

기적소리

뭄바이로 가는 이등열차칸
바로 앞에 앉은 인도인은
흰 와이셔츠에 재색 코트를 잘 차려입은 해안
컴컴한 이마 중앙에는 벌겋게 쿡,
기도와 웃음이 함께 터질 듯한
빈디*가 등대처럼 켜져 있고
그 크고 휘둥그런 눈으로
퍼지는 미소의 기적소리
나는 허겁지겁 청포도송이로
배고픔과 목마름을 달래다
꾸벅 졸다 보면, 그 눈빛
자장가처럼, 물결을 잘 다스려낸
모래언덕처럼 가만히 기차를 머금고
마주 쥔 손등 위로 빙긋
조개껍질 같은 열 개의 흰 손톱
아무리 그래도 기우뚱
나는 행여 격랑이라도 만날 듯
불안이란 돌멩이를

전 재산인 양 가슴에 꼭 끌어안고
다시 졸다 까마득 떨군 내게 놀라면
어느새 발밑 언저리가
그 기적소리에 젖어 있더니,
뭄바이에서 내리는 그의 가죽가방 속에
이미 내 마음이 물뱀처럼 길게 스며
슬그머니 그를 따라가고 있는 게 아닌가

* 인도인이 관습적으로 이마에 그리는 붉은 점(bindi).

매듭

　모과나무 이마에 빗방울이 떨어진다 저 푸른 생각들 한 올 한올 젖어 차츰 물비늘이 살아나는 모과나무, 목줄기를 타고 들어가던 봄이 목울대에서 멈춘다 잠깐 멈추어섰던 봄설움이 이내 모과줄기 그 가슴으로 출렁인다 어렵게 피웠던 내 꽃잎도 젖어 내 나무는 천천히 물이 된다 이게 그만, 그리운 집, 그곳으로…… 차가운 유리창으로 길을 잃었던 빗방울이 떨어진다 그러면 저 구름은 산산이 부서진 몸으로 이제 집에 도착한 것일까 비로소 유리도 투명한 피 흐르고 분명한 유리의 몸을 보여준다

　창틀에 기대섰던 나도 이제는 집을 찾아가기로 한다 그러자 방 안의 내 식구들, 작은 서랍과 겉장이 떨어져나간 오래된 책과 둥글게 말려 비틀린 전화선과 줄무늬 등받이 쿠션, 거기 기댄 흰 물개인형이 일제히 나를 쳐다본다 나를 잡는 저 눈빛은 나를 따라 모두 나서겠다는 것인지 그냥 여기서 이대로 살자는 것인지 어느새 그들의 집이 되어버린 내가 망설이는 사이 창밖 모과나무는 검푸른 강으로 소용돌이친다

134

저 푸른 잎사귀들, 흔들리며 덜컹거리는 저 대문들,

무엇이든 오래 바라보고 있으면 서로 그 무엇의 집이 된다

잘린 나무의 그림자처럼

그녀의 스무살에서 서른살 어귀는
경동한약상가 안에 있습니다
한칸 점포인 약재상에
스물셋을 기울여넣은 석유난로와
문방구 어음으로 써넣은 스물다섯 부기 장부
스물아홉 약봉지를 접는 백열등과
작두를 들었다 놨다 하는 서른둘의 전화기
그런 가지들로 무성한 한 그루 나무가 그것입니다
세상 일터는 오직 여기뿐이라는 마디로 불끈 불거져
십년도 훌쩍 넘은 밑동,
한 달에 한번 쉬는 그곳에서
주근깨 꼼꼼한 그 미스 정은
당귀와 천궁과 오갈피가 쌓인 마대 옆에
약발 좋은 한 꾸러미 세월로
지금도 착실하게 놓여 있습니다
잘려나간 나무등치의 그림자처럼
좀처럼 눈에 띄진 않지만
월급봉투를 가슴에 안아보는 그 미스 정을

혹 여러분이 만나시거든
착하고 순한 그 돈을 머리라도 한번 쓰다듬어주세요
머리카락 하나하나에서 몰려나오는
풋풋한 푸른 도마뱀을 어여삐 여기시고
그 뱀들을 고스란히 엄마에게 몰아가는
작고 뾰족한 미소의 구둣발 소리도
두 손으로 따뜻하게 모아주세요
지금도 가끔 꿈속에서 출근도 퇴근도 하는
그녀의 스무살에서 서른살 어귀는
여전히 사랑도 할 줄 몰라
기우뚱 그녀 옆에 기대서
기다리다 애가 다 닳아없어진 한 청춘이
그 장터의 십전대보탕이나 팔보탕에 녹아서
영험한 묘약으로 팔리고 있다는 소문,
소문, 전 듣고 있습니다

빛들의 저녁

사물을 빠져나온 빛깔들이
노을 속으로 들어간다
저녁은 빛들의 우편배낭
바람은 사물들의 겨드랑이를 간질이며
숨어 있는 빛깔마저 내놓으라나
키득 웃던 피자집 처마가
빨강을 토해낸다
길가 꽃달개비 남빛을 내려놓고
용궁반점 오토바이는
노랑을 흘리며 질주한다
플라타너스는 초록을 여미다
힘이 부쳐 그냥 어둑해지고
건널목 줄무늬 티셔츠의
뚱뚱한 갈맷빛도 저 배낭 속으로
가득 넘실대는 색들의 강
저녁이 힘껏 강을 메고
처음 왔던 곳, 그 모든
사물들의 아침에게로 간다

소문

건드리지 마라
건드리면 건드릴수록 커지는
저것은 이상한 과일
사람들이라는 가지에서
맛을 달려나가는 과육
다시 사람들이라는 들판에 닿아
무성 시큼하고 둥실 달콤하게
튼실 부푸는 권투글러브

그럼 스파링 파트너는?

그 속엔 칼날도 들어 있어
부욱 숲을 찢고
기어이 한 나무를 베어내기도,
그 속엔 아무도 본 적 없는
어떤 씨앗도 들어 있어
오랜 뒤에도 불끈
낯선 주먹을 불러내기도,

자서전

쓰레기장에 던져진 유리 한 장
햇살이 슬쩍 넘겨보시나
새털구름을 한입 베어무는 날카로운 페이지
식탁의 입, 아님 창문의 눈동자라고?
주워든 주민등록증 같은 어떤 중요함이
훔쳐 쓴 산산조각들이 백일하에 드러나고

파편을 맞추면 일생은 다시 그대로라나
지문들을 불러모아 봐
현관의 탄생과 입학들 그리고
제멋대로인 그들의 결혼이
사물처럼 저녁 식탁 위에 총총히
구첩반상기로 박히네 펼쳐지네

이 모두는 사형수의 마지막 만찬이야
앙다문 식욕과 관능으로 반짝이는 미각이
입을 쩍 벌리면 금니처럼 빛나는
아슬아슬함과 두려움의 낱장이 싫었던 청춘

그 한 모서리가 도둑고양이와 눈이 딱 마주친 순간
마지막 숨을 받아먹고
다시 피가 돌았다는 듯 펼쳐지는 재활용의 날
돌아서는 나를 앞서며 걷는
이 몸은 그 무엇의 발문

인공호흡

돌 하나를 주워들고
물 지나간 소리는 날카로운 이빨
파인 흠집에선 귀가 돋아 무슨 소리를 듣고
가까이서 보고 멀리서 보고 뒤집어 보고 거꾸로 보고
돌 하나마다
흡! 푸! 흡! 푸!

아는 척, 아는 척,
온갖 세상 숨을 불어넣는다

햇볕의 바람의 옆구리를 꾹꾹 찌르며 잘 봐봐,
여기가 등이고 여기가 입 같지? 이게 목덜미, 그치? 그치?
그러나 새 돌을 주워들 때마다 먼저 주웠던 돌은
탁! 하는 비명과 함께 익명의 돌로 사라지고

그냥 돌인데 왜 돌 같지는 않다는 거니!
강물이 눈 흘기며 지나간다

가만히 제자리에 내버려둬라
구름 같은 돌은 한평생 맨발 밑으로 뭉게뭉게,
서점에 가면 이런 돌밭을 볼 수 있다
실컷 거닐 수 있다

방, 두드리다
장은정

이것은 '여자'의 시이다. 중요한 것은 여자라는 단어가 아니라 이 단어를 양쪽에서 조심스레 감싸고 있는 작은따옴표일 것이다. '남편' '시어머니' '친정엄마' '시장바구니' '싱크대' '밥솥'…… 이러한 단어들이 특정한 계열을 이루며 울타리처럼 이 작은따옴표의 범위를 둥글게 확정하고 있다. 이 글에서 쓰이는 '여자'라는 단어는 이 범위 내부에서만 찰랑거리는 임의적인 의미망이다. 이 작은따옴표는 항상 축축하게 젖어 있다. 물론 그것은 물의 이미지가 흔히 연상시키는 여성성이라는 상징과는 거리가 멀다. 이 물기는 아주 구체적인 노동과 연관된다. 쌀을 씻고, 양파를 썰고, 국을 끓이고, 걸레를 빨고, 빨래를 하고, 접시를 닦고…… 이렇게 '여자'의 손은 물기가 마를 틈이 없다. 그래서 "젖은 아이, 젖은 처녀, 젖은 엄마"들은 "쟁여두었던 일생의 습기"(「갑자기 봄!」)로 온통 축축하다.

우리는 기원을 품고 상징들을 낳는 매혹적인 물의 이미지들을 시 속에서 손에 다 꼽을 수 없을 만큼 많이 읽어왔지만, 이토록 구체적인 물기의 고단함에 대한 시를 읽은 경험은 드물다. 의아하지 않은가. 밥과 빨래와 청소, 설거지는 우리가 살아 있기 위해 숨을 들이쉬고 내쉬는 만큼이나 끊임없이 반복해야만 하는 일들인데 말이다. 만약 우리가 하지 않는다면 다른 누군가가 반드시 대신해야 하는 이 필수적인 노동을, 우리는 시적인 것으로부터 오래도록 배제해왔다. 기억을 더듬어보자. 공장에서 흘리는 노동자의 땀과 피가 지닌 가치에 대한 시가 아니라, 경제적 가치로도 간주되지 않을뿐더러 무한히 반복되는 이 가사노동의 가치에 대한 시를 읽은 적이 있는지. 어머니의 따스한 밥상과 모성의 근원적 사랑을 노래하는 시가 아니라 그녀들이 스스로의 목소리로 말하는 가사노동의 고단함에 대해 들어본 적이 있는지. 한데 오래도록 시적인 것으로부터 배제되어온 이 구체적인 노동의 주체를 시의 중심에 세운 시인이 있다. 이 무한한 노동의 중심에서 시인과 함께 세계를 바라볼 때, 우리는 알게 된다. 더이상 세계를 다만 '바라보는 대상'으로 간주할 수 없다는 것을.

사람은 없는데 사람이 담긴
불룩한

저것들을 모두 어쩌지
이 방에 두기에는 너무 많은
목요일로 풀린 화요일로 짜인
이리 뒤척이 저리 뒤척이
산처럼 쌓여 또 모자들

(…)

어쩐지 분주한 내가
방 안의 모자가 다 사라져버릴 때까지
마지막 모자를 들어올리면
아침이 온다는 것은
조금 옆으로 자리를 옮긴 모자의 산이
새로이 하나 생긴다는 것일 뿐
커다란 모자 지붕이
둥실 한번 굴러가는 것일 뿐

—「모자로 된 방」부분

　모자들, 모자들, 모자들…… "목요일로 풀린 화요일로"
매일매일 "짜인" 모자들이 "산처럼 쌓여" 있다. 한데 이 모
자들이 도무지 줄어들지 않는다. "맨 위의 모자를 잡으니/
가랑잎처럼 발칵 부서져" 끝도 없이 "다시 모자는 길처럼

아득해지고"만다. 화자에게 "아침이 온다는 것은/조금 옆으로 자리를 옮긴 모자의 산이/새로이 하나 생긴다는 것일 뿐"이다. 물론 우리가 유심히 보아야 할 것은 줄어들지 않는 모자 더미가 아니라, 줄어들지 않을 것을 알면서도 "사람은 없는데 사람이 담긴/불룩한/저것들"을 들어올리는 행위가 멈추지 않는다는 사실이다. 여기서 '모자'는 주체가 관조할 수 있는 대상이 아니라, 주체를 둘러싸고 한정짓는 환경인 것이다. "모자로 된 방" 안에 화자는 갇혀 있다. 그러니 이 모자들이 '무엇'을 상징한다는 식의 해석은 무의미하다. 중요한 것은 공간과 공간 속에서 반복되는 행위이다. 모자들을 들어올리고 들어올려도 또다시 모자가 밀려오는 이 끝없는 반복성이 주는 막막함을 상상해보자. 이 시를 폐쇄된 공간에서 무한히 같은 일을 반복하는 '여자'들에 대한 일종의 알레고리로 읽을 수 있지 않을까.

우리가 흔히 읽어왔던 (주로 헌신과 사랑을 암시하는) 모성성에 대한 시들은 모두 가족이라는 '관계성'의 내부에서 '여성'을 규정짓고 묘사해왔다. 하지만 흥미롭게도 '여성'이 직접 시적 발화의 주체가 된 『체크무늬 남자』는 '방'이라는 공간성을 세계를 바라보는 묘사의 축으로 삼는다. 이 끝없는 노동을 맡고 있는 자에게 세계란 자신을 구획하고 가두는 방, 벽과 천장으로 이루어진 곳, 그 이상도 그 이하도 아니다. 「단벌」은 그 '방'이라는 공간이 얼마나 끈질

147

기게 달라붙어서 그녀를 규정짓는지 잘 보여준다. "캉이 잘 벗어지지 않아/방의 칼라 끝에/시끄러운 줄장미가 스치고/방의 어깨 위로 까치 날아간다/(…)/가끔 계단을 헛디뎌 방의 솔기가 터지며/비명이 와락 쏟아지기도 하지만/이걸 여미는 건 역시 방". 방의 바깥에는 더 큰 방이, 그 방의 바깥에는 더 큰 방이 방들을 둘러싸고 있다. 그녀들의 옷은 방이라는 "단벌" 하나뿐이고, 이 옷을 벗어던질 수 있는 선택권조차 그녀들에겐 주어져 있지 않다. 방의 내부에서 그녀들과 연관된 것은 남편이나 아이들과 같은 가족들이 아니라 '모자'와 같은 사물들이라는 점을 유념하자. 우리가 '여성'을 바라보는 관점인 '관계성'은 사실상 '여성'에게 철저히 배제되어 있다.

추억으로 짜놓은 황금빛 깃털
달콤하던 순간을 쪼려면
매번 따라나온 적막이
빛나는 부리를 지워버리네

그녀의 미래는 풀었다 다시 짜는 과거
조금씩 작아지고 낡아가며
실패한 군대 깃발처럼 솔기가 터져
매일 밤 새로운 부리를 깁고 있다네

그녀의 옷장이 분주하다네

—「그녀의 오래된 옷장」 부분

여자와 늑대가 처음부터 하나인 것처럼
두두리뭉실,
잘 포장된 푸른색 하늘을 뜯어낸다
노을이 덜커덩 열리고 저녁 식탁을 지나면
어떤 결말처럼 반달문
다시 볼이 통통한 소녀가 방에서 걸어나오고
덩치가 커진 탈은 더 큰 늑대를 찾아
두두리 그렇게 둥둥 소녀와 늑대와 양이
집채만큼 둥 커져서 캄캄함
터질 듯 무서운 가족들, 지붕들,
그러다 마을들

—「구름 결혼식」 부분

　첫번째 시에서도 "그녀"는 "오래된 옷장"이라는 닫힌 사물과 동일시된다. 슬프게도 이 옷장 내부에서 일어나는 일들가지도 그녀의 의지와는 무관하다. "벽과 나무로 된 창틀이 뛰어나와/스스로 문을 여"는가 하면, "파고들어가 앉았던 모래 서랍이/꿈틀 몸을 뒤틀자/갑자기 상처의 알전구가 펑 터지"기도 한다. "달콤하던 순간을 쪼려면/매번 따라나온 적막이/빛나는 부리를 지워버리"기 일쑤다. 결국 옷장도 또다른 방에 불과한 것. 이렇게 갇혀 있기 때문에 "그녀의 미래는" 단지 "풀었다 다시 짜는 과거"에 불과하다. 그럼에도 이 옷장은 늘 "분주하다". 이것이 비극의 핵심은 아닐까. 다만 "조금씩 작아지고 낡아가"기 위해 이토록 끊임없이 "분주"해야 하다니. 그래서 「선물」과 같은 시의 목소리는 더욱 가슴아프다. "여기선 어떤 인정도 길을 잃지/애인들은 긴가민가로 자욱하고/소파가 의자가 내게 건너와/조용하고 담담한/사물들의 피가 고인다/의자 깊숙이 검춘 나무의 움직임처럼/병이 가만히 날 내려놓고 간 뒤/그들과 나 사이에/눈과 코와 입이 그대로인 것이/처음 보는 나라처럼 낯설다". 그녀의 피는 힘차게 몸속을 도는 대신 가만히 고인다. 마치 사물들처럼 그녀는 그저 '놓여 있을' 뿐이기 때문이다. 이러한 정지상태가 오히려 분주함에서 비롯된다는 것은 의미심장하다. 그러니 이 분주함 속에서도 "눈과 코와 입이 그대로인 것"에 놀라며 낯설어하지 않을 수 없는 것이다. 「구름 결혼식」은 가족이 생긴다는 것이 그저 더 큰 방을 갖게 되는 것에 지나지 않음을 보여준다. 시에서는 긴 머리를 리본으로 묶어올린 여자가 "조용히 퍼지는 바람의 웨딩마치"를 올린다. 그것은 그저 여자가 다른 누군가와 함께 살게 되었다는 뜻이 아니다. "양의 탈을 쓴" "늑대의 어깨선이 허물어지고" "늑대의 입속으로" 여자의 볼이 사라지고 "한다발의 소녀도 흩어지고" 둘은 경계를 잃으며 점차 하나의 '구름 덩어리'가 된다. 이 시에서 '하나가 된다는 것'이란 당연하게도 '소통'과 무관하다. 그저 각자의 개별성을 잃어버리고 구름처럼 뒤섞여 마침내 무의미할 정도로 거대해지는 일에 불과한 것이다. 그러니 "소녀와 늑대와 양이/집채만큼 둥 커져서" 가족들, 지붕들, 마을들이 터질 듯 무섭게 느껴지지 않겠는가.

이렇게 사방이 벽으로, 아래와 위는 바닥과 천장으로 막혀 있는 곳에서 살아가는 이에게 세계는 그저 방의 무한한 확장에 불과하다. 일견 자연과의 조화를 노래하는 것처럼 읽히는 시들에서도 방이라는 공간성은 이미 구조화되어 있다. 「여기는 11월」에서 시인은 펼쳐진 바다를 방으로, 바다 앞의 소나무들을 베란다로, 바람을 커튼으로 형상화하면서 무한히 열린 풍경마저도 확고한 벽들로 이루어진 집의 형태로 전환시킨다. 「복도꽃밭」은 그중에서 특히 흥미로운 시다. 이웃의 소란스런 소리들이 주는 다정한 정서를 전달하는 이 시는 발랄하고 쾌활한 분위기를 띠고 있어서 반복되는 노동의 고단함과는 무관해 보인다. 그럼에도 시의 사건을 이끌어가는 주체가 '공간'이라는 점은 공통적이다. 가령 다음과 같은 구절들. "현관이 일어나 발끝을 세우고/그 꽃모종 몇개 뽑아든다/현관문은 방의 팔". 현관이 발이 되고 현관문이 팔이 되는 이런 상상력은 이미 집이라는 공간이 시인의 세계관을 장악하고 있음을 보여준다. 이 때문에 이웃집 아이들이 시끄럽게 장난을 치고 노는 소리마저도 어딘가 가슴아프다.

이 시들은 정의에 대해, 아름다움에 대해, 진실에 대해 비장한 목소리를 내지 않는다. 그러나 어떤 아름다움, 어떤 진실도 이 고단한 노동으로부터 독립될 수 없다. 만약 누군가가 진실과 정의에 모든 시간을 온전히 바치고 있다면, 그것은 이 노동을 누군가가 대신 해주고 있기 때문이다. 이것이 분업화된 자본주의 사회에서 '의존'이라는 단어의 진정한 의미이다. 그러므로 이 노동을 고스란히 받아들인 주체를 내세운 이 시들은 우리가 잊어버리기 쉬운, '노동'이라는 우리의 구체적 기원을 상기시켜준다는 점에서 중요하다. 또한 평생 그 고단한 노동을 떠안게 된 누군가가 "싹 틔우려, 꽃 피우려" 해보지도 못한 씨앗처럼(「화분」) '꿈'을 댓가로 치러야만 했다는 사실까지도 이 시집은 암시한다("그 어미 사과를 들어올리자/방 안에 숨었던 그의 사내가/놀라 후다닥 뛰쳐나간다/한 서른 날 사과와 흠흠/한 살림 바빴던 저 고요/꿈만 챙겨가는 황급한 저 뒷모습", 「바빴던 고요」). 그러니 이 시집의 기저에 깔려 있는 깊은 허무주의를 우리는 쉽게 지나쳐서는 안된다.

누가 불을 놓았나

여섯시의 공터에
말풍선처럼
부풀어오르는 회색 자루
저마다 정박했던 모양과 색을 거두어 담고
서둘러 사물을 빠져나간다

(…)

저기 날숨결 자욱한 것 봐
낚아채다 밀쳐내다 저렇게
짙어지다 흐려지다
멀리 더 멀리 제 말들을 퍼다버린다
들이켜고 베어먹은 일생에서
있어도 되고 없어도 되는 뜨거운 꿈이
땅을 밀치고 둥실 구름 방주로
거대하고 성숙한 두려움으로
또 한 섬 찾아가는 것을
한 사람이 오래 서서 읽고 있다

—「구름사전 보유편」 부분

바람이 들어앉자
무슨 약속이라도 있었는지

팔랑 문지방을 넘어들어가는

가랑잎 한 장

우리가 내다버린

연애나 동맹, 그리고 청춘 같은,

그 집 어디에도 우리는 없고

이제는 저 바람이 주인이다

—「버려진 새장」 부분

　사물들이 불타고 있다. 「구름사전 보유편」의 이러한 시적 정황은 앞서 읽어온 정복여의 시들을 염두에 뒀을 때 매우 의미심장하게 읽힌다. 가두고 있던 벽들이, 천장들이, 사물의 단단한 모양들이 연기로 변해가고 있기 때문이다. 시인은 부풀어오르는 연기를 사물의 모양과 색을 담은 회색 자루로 비유한다. 자루들은 "나는 의자였어요" "실타래였어요" 저마다 외치며 "날숨결 자욱"하게 흩어지고 있다. 한데 시의 말미에 등장하는 "한 사람"이 있다. 이자는 풍경의 저편에 서서 흩어지는 연기들이 "있어도 되고 없어도 되는 뜨거운 꿈이" "거대하고 성숙한 두려움으로/또 한 섬 찾아가는 것"이라고 매듭짓는다. 있어도 되고 없어도 되는 뜨거운 꿈이라니. 여기에는 애초에 가로막혀 있던 '꿈'에 대한 일말의 미련이나 후회도 존재하지 않는다. 거대해지고 성숙해지는 것이라곤 "두려움"뿐이라고 생각하는 이 "한 사람"은 이 시집에서 겹겹의 방과 무수한 집으로부터 빠져나와 풍경을 관조하는 유일한 자이다. 한데 이 "한 사람"이 있는 방과 집들의 바깥에는 아무것도 없다. 그저 저 멀리 부질없는 꿈이 두려움에 휩싸인 채 이동하고 있을 뿐이다.

「버려진 새장」은 분명 이 "한 사람"이 쓴 시일 것이다. 한때 집에선 "충만한 지저귐과 몽실한 온기"가 차올랐고, "다정함이 밥을 해먹으러 일어"났고, "싱크대 프라이팬 상냥한 접시들"이 달그락거렸다. 하지만 이 모든 소리들이 사라지고 방과 집들은 그저 "버려진 새장"으로만 남아 있다. 놀라운 것은 집이 이렇게 텅 비어버린 것이 다른 무엇 때문이 아니라 "연애나 동맹, 그리고 청춘 같은" 무엇을 우리가 스스로 내다버렸기 때문이라고 쓴다는 점이다. 그러니 "그 집 어디에도 우리는 없고" "바람이 주인"이 된 이유 역시 우리가 스스로를 내다버렸기 때문이라는 것. 이 시집이 깊은 허무주의의 혐의를 갖는 이유도 이렇듯 방과 벽을 외부적 강압이 아니라 스스로의 선택으로 직접 만들어낸 것이라고 받아들이는 데 있다. 이에 따르면 무수한 방들은 화자를 가로막는 '금기'가 아니므로, 방과 벽 너머에 다른 무엇이 있을 리 없다. 그저 모두 타오른 연기들이 두려움에 휩싸여 다른 곳으로 이동하는 것일 뿐. 하지만 정말 그러한가? 방과 벽들은 그저 화자가 만들어낸 것에 불과한가? 다음의 시는 쉽게 이해하기 힘든 "우리가 내다버린"이라는 구절에

다가갈 수 있게 해준다.

버려진 장독은 아무도 열지 않아
스스로 제 몸에 금을 긋는다
칼날은 아주 오래된 햇살
천둥소리, 그리고 어떤 기척들
더이상 빛도 소리도 아닌
캄캄함이 터지고
그 움직임에 한때 독을 드나들며
잘 놀았던 모두가 몰려와 주위를 맴돈다
독을 두드리기 시작한다
그러면 일시에 깨어나는
와자한 음표들
독은 잔뜩 부풀어
풀벌레 울음 가장 가까운 곳
그곳에 실금이 간다
마침내 맞금이 간다
독은 그렇게 스스로 몸을 열어
오래된 어둠을 소리로 바꿔본다

—「독신」전문

이 시는 방과 벽에 갇혀 있는 자가 시를 쓴다는 것이 무엇인가에 대해 간명하게 대답해주는 듯하다. 시를 쓴다는 것은 "스스로 제 몸에 금을 긋는" 일이라고. 옷장에 가득 고인 어둠과 고요를, 사물에 잔뜩 맺힌 피들을 힘껏 흔들면 "그 움직임에 한때 독을 드나들며/잘 놀았던 모두가 몰려와 주위를" 맴돌다 벽들을 두드리기 시작하고, 그러면 벽들은 "잔뜩 부풀어/풀벌레 울음 가장 가까운 곳/그곳에 실금이 간다/마침내 맞금이 간다"는 것이다. 이 시집에는 이제는 까마득히 멀어져버린 유년시절을 다시 쓰면서 그 멀어진 시간들을 다시 끌어당기는 시들이 있다("반은 꺼내 썼을지도 모를 나를/아직 반은 담아두고 있는 방/날 키워낸/세월의 젖을 빚어내던/빛나던 우물은 거기 어디쯤 있었을까", 「화천 태생」). 또한 모두가 바쁘다며 귀기울이지 않는 꽃들을 바라보는 시들이 있다("백성이 하나뿐인 나라/그가 바로 나인/단 한명의 백성을 위해서 여왕들은 그렇게 왔다 간다/꽃을 접는 잎 속에 다시 일년치의 새 규율이 있다", 「안절부절꽃」). 사실 이 모든 것들은 고단한 노동이 만들어놓은 방의 벽들이 할 수 있는 일이 아니다. 시를 쓴다는 것 자체가, 고단한 노동이 높게 쌓아가는 벽들에게는 이해될 수 없는 행위인 것이다. 하지만 정복여의 시들은 그 벽이 가로막은 너머를 계속해서 불러들이면 마침내 그곳에 실금이 갈 것이라고 믿는 듯하다. 그러니 「버려진 새장」에서 "우리가 내다버린/연애나 동맹, 그리고 청춘 같은"과 같은 구절이 등장하는 것은 이 때문이다. 만약 방과 집들이 불타며 피워올리는 연기들이 '있어도 되고 없어도 되는 꿈들'에 불과하다면, 그것은 그 벽들이 견고하기 때문이 아니라 충분히 시를 쓰지 않았기 때문인 것이다. 그러니 "우리가 내다버린" 것이라고 말할 수밖에 없다. 그러니 이 허무주의의 근간에는 시를 쓰는 것이 "오래된 어둠"을 "소리"로 바꿀 수 있다는 믿음이 비례하여 버티고 있다.

"이것은 '여자'의 시이다." 이것이 이 글을 여는 첫 문장이었다. 그리고 여자라는 단어를 감싸는 작은따옴표는 '남편' '시어머니' '친정엄마' '시장바구니' '싱크대' '밥솥'……과 같은 단어들을 울타리 삼고 있다고 썼다. 하지만 작은따옴표의 내부에서 정복여의 시들은 울타리들의 벽에 계속해서 금을 긋고 있다. 두드리는 것을 멈추지 않는다. 마침내 그곳에 실금이 갈 때까지.

張銀庭 | 문학평론가

난데없는 폭풍이 어디 있을까.

매미들이 나무에서 떨어져 바닥에 나뒹구는

이 여름을 데리고 시간들은 모두 어디로 가는지

내가 밤마다 호수의 가장 긴 원주를 도는 동안

호수는 파이(π)라는 단위로 이런 계산을 하느라 바쁘고 바쁘다

물결마다 기억과 망각의 얼굴로 짜여지는

깊고도 넓어진 엄마의 고요, 그 나이테를 따라가는 밤

여기 세상에서 사랑하고 미워한다는 화장법이 두렵고 놀랍다.

밤하늘이 건져올린 순간들이 어둠의 광주리에 담긴다.

사라지다 뒤돌아보며 반짝하는 생각들

자리를 옮겨서야 비로소 살아갈 만한 세월이 되었나.

오늘 발아래는 잔잔하고 평온한 물결,

그래서 더욱 숨막히게 아픈 물방울들이다.

2010년 9월

정복여

창비시선 319

체크무늬 남자

초판 1쇄 발행 / 2010년 9월 20일

지은이 / 정복여
펴낸이 / 고세현
책임편집 / 한진금
펴낸곳 / (주)창비
등록 / 1986년 8월 5일 제85호
주소 / 413-756 경기도 파주시 교하읍 문발리 513-11
전화 / 031-955-3333
팩시밀리 / 영업 031-955-3399 편집 031-955-3400
홈페이지 / www.changbi.com
전자우편 / literat@changbi.com
인쇄 / 상지사P&B

ⓒ 정복여 2010
ISBN 978-89-364-2319-3 03810